Beatrice Masini
Roberto Piumini

CIAO, TU

BUR Rizzoli ragazzi

Pubblicato per

BUR
Rizzoli

da Mondadori Libri S.p.A.

Prima edizione Bur ragazzi: maggio 2018
Decima edizione Bur ragazzi: ottobre 2023

ISBN 978-88-17-10288-9

BUR Rizzoli ragazzi

Zaino di Michele

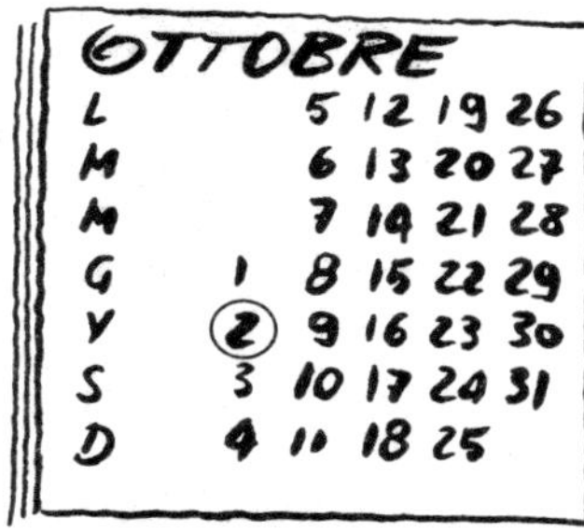

Indovinami. Scoprimi. Sappimi. Sono quella con due centimetri di capelli o quella un po' bambina con la treccia dietro? Quella alta, misure d'armadio, o quella bionda, faccia buona, aria un po' da topo? E credi che faccia qualche differenza, il muso che ho, il colore degli occhi, la taglia, il girovita girotette? Ti amo alla stessa maniera da un metrocinquanta a un metrottanta, la concentrazione di ormoni adrenalina bacibacibaci è la stessa, credo. E non mi sai. Il bello di cominciare una scuola è solo questo: dietro non c'è niente, nessuno sa chi sei. Puoi buttarti alle spalle un passato di smorfiosa, un bollo di secchia: cambiare, una volta almeno. Nessuno ti conosce, puoi essere quello che vuoi. Hai questa possibilità. Bisogna spenderla bene.

Per questo, anche per questo mi diverto ad amarti. Perché non mi sai. Non puoi nemmeno riconoscermi dalla scrittura, basterebbe un mese, due, e già non funzionerebbe più. Non sai se sono bella, se sono un mostro, se ho le bolle sulle ali del naso, se mi lavo i capelli una volta al giorno o alla settimana. Non sai se scrivo le poesie, scalo le montagne o faccio tutt'e due le cose (insieme). Non sai se ti ho infilato questo messaggio nello zaino all'intervallo, o quando sei andato a fare la pipì nell'ora di greco, o tra la terza e la quarta ora, che sei uscito in corridoio a salutare quel tipo nano della B. Non sai.

Io invece so di te le seguenti cose:

che hai il naso un po' storto (botta da piccolo? zuffa alle medie? volo dalla pertica?);

che hai gli occhi color chicco d'uva;

che sei troppo, troppo magro;

che sei tanto, tanto carino.

Mi basta, per adesso.

Certo, ti amo è una parola grossa. Diciamo che ti, e basta.

E adesso indovinami.

Messaggio scritto sulla lavagna, in stampatello

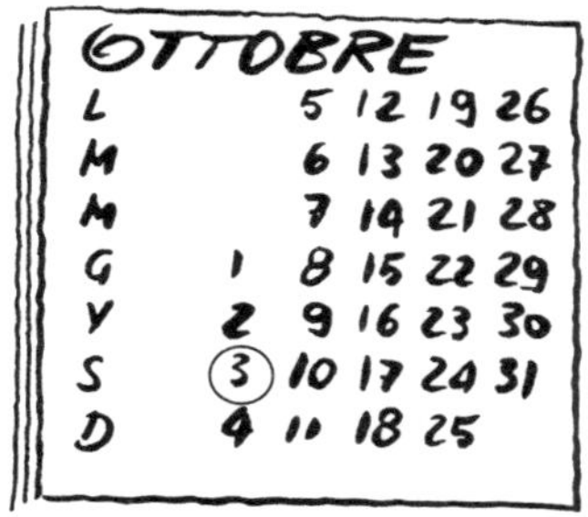

Se la signorina "Indovinami Scoprimi Sappimi" vuole una risposta, è pregata di indicarmi come.

Firmato: Quello tanto, tanto carino.

Zaino di Michele

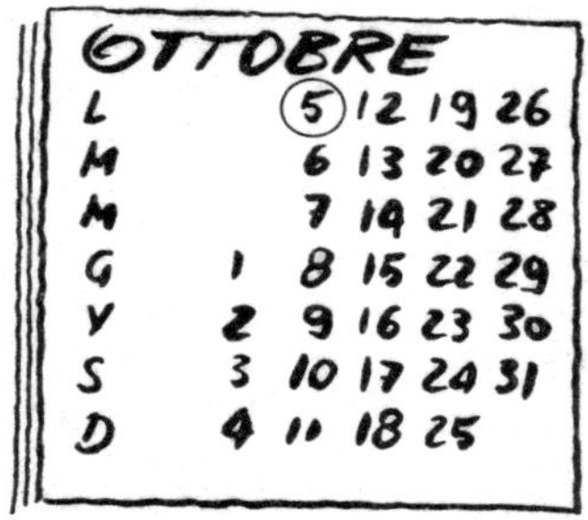

E io che ti pensavo già pronto a venirmi incontro nell'atrio sventolando un mazzo di tulipani bianchi (i miei fiori preferiti, meglio a dozzine, eventualmente mi accontento di uno alla volta) con l'aria di chi sa, ha capito tutto, anzi, sapeva già. Ma no, certo, figurati, tu non sai neanche quanti siamo in classe, non sai nemmeno da che parte è la palestra, non parli con nessuno, stai sempre da solo in un angolo col naso in quel tuo libro piccolo (come s'intitola? è bello? me lo presti?). Perché dovresti già sapere me? Eppure. Pazienza.

Però hai risposto. E vedo che i segreti ti piacciono. Meglio, ti piace la segretezza. Tanto meglio. Così il prima durerà di più. Facciamo che i tuoi messaggi, quando hai voglia di messaggiare, li lasci infilati dietro la lavagna. C'è uno spazio tra lavagna e muro, e una specie di bordo sotto, non cadono. Provato.

Ciao, tu.

Io

Dietro la lavagna

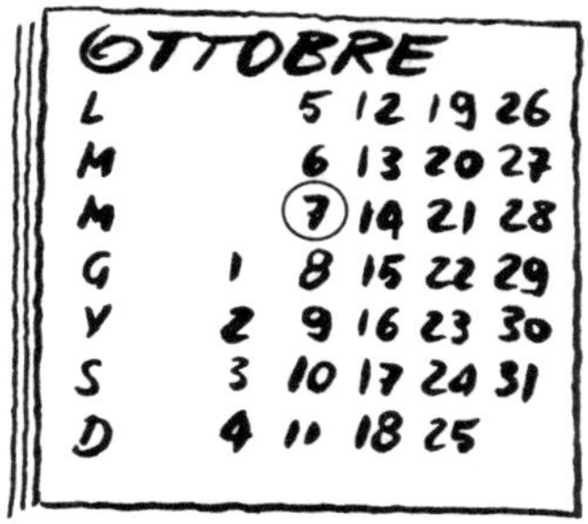

Cara tu, dico così perché è il modo normale per cominciare una lettera, non perché tu sia cara: non so chi sei, sicché nemmeno se sei cara. Non so nemmeno se sei una: potresti essere lo scherzo di qualche maschio della classe: ma mi sembra proprio che non c'è nessuno, almeno come mi sembrano finora, così fine da pensare uno stile come il tuo: perché il tuo stile è proprio da ragazza, anche se non saprei dire perché. Se poi sei un maschio, potresti essere solo Emilio, e allora, occhio Emilio, attento che tutto ciò può finire davvero a cazzotti, perché le stronzate hanno dei limiti. Ma non sei Emilio, sei una ragazza, e l'idea che ti possa credere un maschio ti fa diventare un po' rossa di rabbia, no? A proposito, questa lettera la faccio lunga perché tu sei in vantaggio di una, dato che il messaggio alla lavagna doveva essere minimo. Sicuro che mi piace la segretezza; mi piace tanto che non starò nemmeno a spiare (facilissimo, credimi, anche durante l'ora di ginnastica m.) chi o che cosa viene a frugare dietro la lavagna. È bello parlare scritto. Però, se puoi non scrivermi che mi ami, sarei grato. Non sono cose da dire a uno che non sa chi sei, e forse non lo vuole nemmeno sapere, perché magari sei una che non gli piace. Comunque, siete in otto in classe, e ce ne sono almeno quattro che potrebbero piacermi, o forse anche cinque: non è una brutta media, per una quarta ginnasio, no? Piacermi, ho detto: non "ti amo". Che ne dici di una roba di simpatia, da tenersi su con le risate anche durante le ore di storia? Ma è vero quello che hai detto sul bello di cominciare una scuola, dove nessuno sa chi sei: come i balli con la maschera nel settecento, o 800, c.s.n.f. Il naso un po' storto è stato lo sportello di un carro ferroviario bestiame, non ci crederai: la storia è lunga, magari, se restiamo in contatto, te la racconto. Di che colore sono i chicchi d'uva: bianca, nera, marcia? Troppo magro, lo dice sempre anche mia madre. La lettera si sta allungando parecchio, magari t'annoio. Non ti ho indovinata ancora. Spero solo che tu non sia Cinzia, o Rachele. Se lo sei, scusami, è stato bello:

ma io le unghie viola e verdi non le reggo proprio. So long. Ti posso chiamare Eulalia? Le prossime lettere, se ci saranno, saranno più corte. Il libro non te lo presto perché non ti conosco. Ciao.

Zaino di Michele

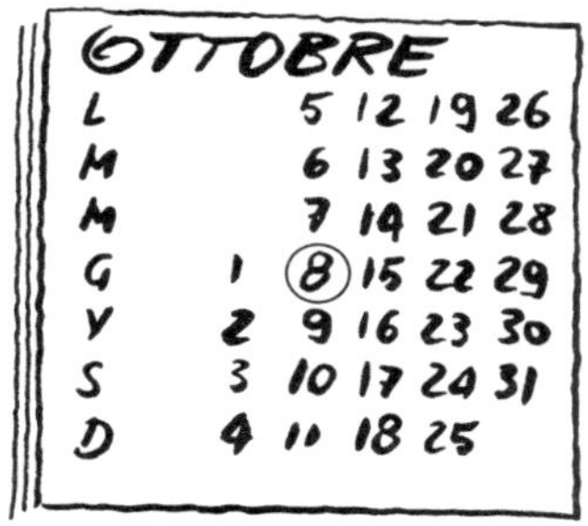

Mia mamma invece dice anche l'oca vuole la sua parte, quando secondo lei la faccio, l'oca. Tipo adesso. Non credere, non vuol dire mica che lo sono. Solo che sono brava a farlo. Eulalia dove l'hai preso? Fa venire in mente una di quelle bambolone vestite da spagnole con gli occhioni di vetro che si aprono e si chiudono facendo claclac. Ma suppongo che tu abbia altri riferimenti, tipo Action Man, quei pupazzotti lì di quando eri piccolo. Niente claclac. E se proprio, non puoi inventarmi un nome un po' meglio? Io se ho una bambina la chiamo Emma. Lo sapevi che le ragazze pensano sempre al nome che daranno ai loro figli, anche quelle con le unghie viola e verdi? Sei così scemo da giudicare una per il colore delle unghie, o dei capelli? Strano, non si direbbe. A me piacerebbe averli azzurri, come una fata pazza. Una nuvola di zucchero filato azzurro attorno alla faccia. Te la immagini la faccia del prof di greco. Magari me li faccio, c'è uno spray che basta lavarli e va via. Anche qui temo che tu non abbia i riferimenti.

Comunque non mi offendo se pensi che sia un maschio. Quando ero piccola tiravo i sassi ai bambini del cortile vicino, una volta ne ho preso uno sulla fronte e gli ho fatto un buco così, sangue dappertutto, ma nessuno ha pensato di darmi la colpa perché con le treccine ero tanto carina.

Poi: ci sono due parole che usi e che odio. Una è simpatia: è una parola molle, fa pensare a uno che non è né furbo né intelligente né bello né curioso, e allora cos'è? Simpatico, un po' di simpatia non si nega a nessuno. Io non voglio una roba di simpatia, con te. Una roba che si ride, semmai, quella sì. Ma è diverso.

L'altra parola odiosa è piacere. Mi piace, non mi piace, potrebbe piacermi. Un gelato piace. Una maglietta piace. Una persona, o è o non è.

Poi: bravo, non prestarmi il tuo libro, era una prova, i libri non si prestano e non si chiedono, si hanno e basta. Puoi sempre dirmi cos'è, lo compro, lo leggo e così abbiamo qualcosa di cui parlare, intanto che ci giriamo intorno, io a te, tu a me. Perché lo vedo, adesso, piano piano, giri anche tu.

Dietro la lavagna

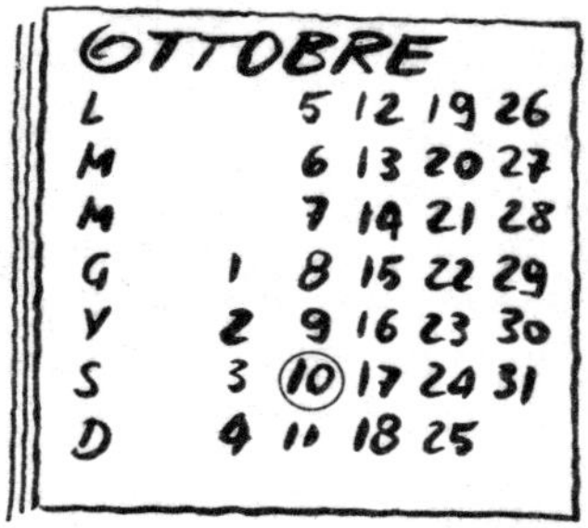

Giro, giro, cara Euly (letto all'inglese, fa "Iuli"), ma piano piano: infatti, ammesso che tu cerchi ancora dietro la lavagna, ci ho messo tre giorni a risponderti. Perché ero arrabbiato. Primo, va male col greco, vero? Eulalia vuol dire qualcosa come "colei che dice bene", o pressappoco, altro che claclac. In questo, ocheggi veramente. Secondo, cara "mamma di Emma" (suona bene, come una ninna nanna), tu hai l'aria di quella che dà le lezioncine. Io ho detto che le unghie viola o nere non le reggo: è un giudizio? No, una questione di "gusto". Spiacente se le hai. Quanto ai capelli, invece, pensa che piacerebbero anche a me azzurri, o verdi addirittura... E che vuol dire, che "piacere" è una brutta parola, e che solo un gelato piace? "Una persona o è, o non è": queste frasi lasciale dire ai filosofi. Una persona può piacere o non piacere, eccome. Tu, a tratti, mi piaci: quando sei Euly, s'intende. Quanto a chi sei potrei escludere, per esempio, Sandra ("quella con due centimetri di capelli": messaggio uno, riga uno) per un paio di ragioni: primo, perché l'hai messa per prima nell'elenco (ma questo potrebbe essere una furbizia); secondo, perché se tu avessi i capelli corti, cioè sei Sandra, non ti verrebbe di dire, a proposito di "una nuvola di capelli", "magari me li faccio" (ultimo messaggio, riga venti). Ma sono solo indizi, Watson. Tu potresti essere molto diversa da quello che scrivi. "Un po' di simpatia non si nega a nessuno"? Credevo che tu fossi quella dei "ti amo"', o dei "ti odio". Vedi, tu hai molte di quelle che il prof una volta ha chiamato, facendoci ridere (W il ridere, e W che siamo d'accordo almeno su quello!) "incongruenze", mettendoci dieci minuti a spiegarci la parola. Che vantaggio, fare il classico: così sappiamo parole come "incongruenze"... Be', torniamo a te. Come spieghi che, pensando a te (a quello che mi dici, quando sei Euly o non lo sei), mi viene come una voglia di tirare una treccia? È una sensazione strana, quasi "ipnotica". Il libretto segreto, a proposito di "punti di riferimento", l'avevo preso dalla bib. di mio padre, e lo leggevo durante le interrogazioni d'inglese: l'autore è inglese, infatti, ma il libro è tradotto: *Sotto il giardino*, di Graham Greene: storia triste ma bella. Sono anni, ormai, che non fiuto più cocaina e Action Man, piccola. Chissà se trovi il messaggio, o è troppo tardi, e fine.

Zaino di Michele

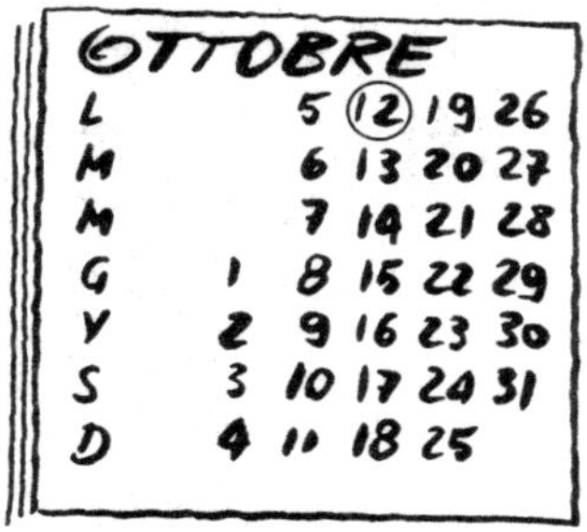

Fine un accidente. La cosa della simpatia era ironica, zuccone. Vada per Euly, ma che sapientino, tu e il tuo greco. Piccola lo dici a tua sorella. Il tuo libro non l'ho mai sentito nominare, a casa non ce l'ho, forse lo compro, forse no.
Scusa, sono un po' depressa perché non ho una vera amica. Quelle delle medie hanno fatto tutte delle scuole assurde con il nome lungo un chilometro, tranne la Bene(detta) che però è finita nella A, e poi non eravamo proooprio amiche, ciao ciao e basta. Ho una verissima amica del mare, Letizia, la conosco da quando ho dieci anni e lei undici, abita a Bologna, quando parla ti fa schiantar dal ridere, non è solo quello che dice ma come lo dice, tutto arrotolato, fatto su, la vedo

solo a luglio, tutti i lugli della mia vita, e poi ci scriviamo. Per telefono non funziona, ci abbiamo provato ma dopo due secondi non sappiamo cosa dirci, è più una roba di pelle, la nostra, di stare insieme e possibilmente in costume, due inverni fa è venuta a trovarmi e tutta insaccottata nei vestiti sbagliati non sembrava neanche più lei. Queste della classe le sto ancora misurando ma mi sa che vanno bene solo per copiare i compiti quando non li hai fatti, tipo oggi, cioè ieri, che mi è preso qualcosa che non so e sono andata a rileggermi tutti i diari delle medie, la mamma dice sempre buttali, quando ti liberi di quella robaccia, ma non posso, è tutto il passato che ho a parte un ricordo chiarissimo di quando ero molto piccola e triste e una suora mi tirava per il braccio in un corridoio lunghissimo col pavimento di marmo lucido e io non volevo andare ma lei mi tirava e per via del marmo scivolavo, dice che era l'asilo, la mamma, e poi qualche altro lampo qua e là, poche cose. A rileggermi adesso in quei diari mi sembro un po' scema, ocheggiante come diresti tu, con le poesie, quelle di tutti, le solite, tipo Prévert se ti dico che ti amo ti amo da morire e anche un po' da viverne, e le parole delle canzoni, i biglietti dell'autobus incollati quando volevano dire certi giorni speciali che adesso non mi ricordo già più niente, una polaroid di me con Stella abbracciate che ridiamo, era la mia migliore amica, lei sì, ma è andata ad abitare via, con lei non c'era nemmeno bisogno di parlare, quando è partita mi ha regalato una cosa sua che adesso porto sempre ma non te la dico perché altrimenti mi scopri, e non è ancora ora, credo. Allora, visto che non sei tanto per l'amore, mi pare, almeno potresti essere mia amica, finché non ne trovo una, ammesso che mai. Vuol dire soprattutto non farmi le prediche (se ci riesci), farmi ridere (già qui te la cavi) e non metterci tre giorni a rispondermi perché è una cosa che mi fa innervosire. Molto.

Dietro la lavagna

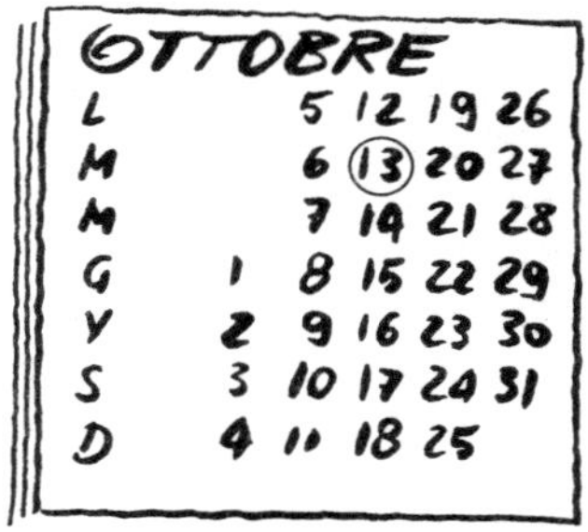

Risposta veloce, questa volta, occhei?

Euly, Euly, come se non avessi già una sorella (Laura) che ogni tanto cade in malinconia per storie di amiche vecchie, nuove, morte (come amiche), e via così. Allora diventa pallida, ciondola i capelli da tutte le parti e fa lunghi discorsi senza pause, depressi come il tuo. Capisco che gli amici sono una bella vitamina: io ne ho due soli, ma grossi. Uno è il "nano della B" con cui mi vedi parlare negli intervalli: Luciano, e se non cambieremo in modo grave, resteremo amici fino alla fine del mondo. È piccolo, ma molto, molto in gamba: sa cavalcare, giocare a scacchi, suonare il violino. Se ha voglia, legge un libro al giorno. L'altro amico è Daniele, e fa una scuola di computer.

Quando ci parleremo, se mai, ti racconterò di lui e della sua famiglia, chiamiamola così: una storia da pazzi. Poi, non è che io non sono tanto per l'amore: è che non so bene di che si tratta, un po' come dover fare un tema in cinese. Magari con te imparo. Di fare l'amica non mi va, non per maschilismo, ma perché mi mancherebbe la pazienza delle chiacchierate che fanno le ragazze: a me succede spesso, anche stando con qualcuno in carne e ossa, come alla tua amica bolognese: mi sembra di non aver niente da dire. Però con te mi accorgo che, almeno per scritto, è diverso: forse sto cambiando, o forse è merito tuo. Non per consolarti della depressione, ma se fosse così (ahi, non lo faccio spesso), ti ringrazio.

P.S. Hai notato come siamo bravi? Tu, anche se sai chi sono, non mi guardi mai, in classe: voglio dire, mi guardi come si guarda normale, così non me ne accorgo. Veramente ce n'è una che si volta indietro un po' meno delle altre, in media, ma non credo che sia tu. Anch'io poi sono discreto. Chissà se lo senti il solletico dello sguardo sulla nuca, ammesso che tu sia quella.

P.P.S. Hai notato che mentre tu hai un nome provvisorio, Euly (Iuli), me, che pure sai bene chi sono, non mi chiami mai per nome? Fai finta di non saperlo? Che gioco è?

P.P.P.S. Non deprimerti. La tua depressione mi deprime.

Zaino di Michele

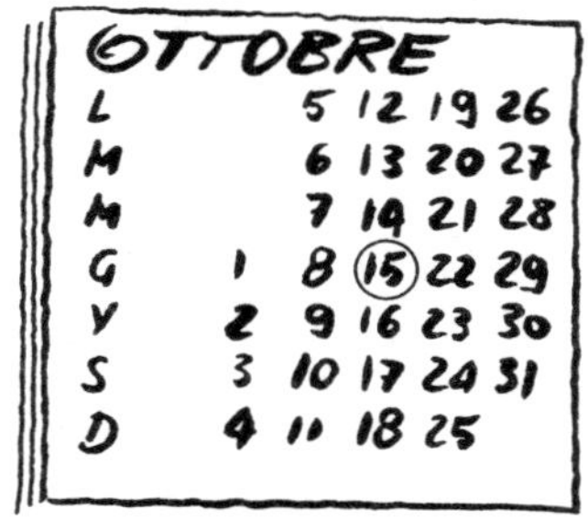

Se non vuoi essere mia amica, pazienza, era per ridere. Però non è vero che non hai niente da dire. Intanto mi dici un sacco di cose che mi interessano, anche se non so bene, forse mi interessano perché le dici tu. E poi in questa faccenda dei biglietti c'è un vantaggio: sono sicura che stai attento dall'inizio alla fine. Non guardi da un'altra parte: occhi sul foglio. Non pensi ad altro: vuoi sapere come va a finire. Non cambi discorso: non puoi, è il mio discorso. Le parole scritte non fanno rumore, si leggono e si rileggono, si guardano in trasparenza, si può anche spiare fra le righe per vedere cose che forse ci sono, forse no, comunque giocare a immaginarle non fa male, non ancora. E anche solo per curiosità si arriva fino alla fine, perché si aspetta

una sorpresa. Se scrivo, insomma, so che mi ascolti. Quando scherzo, quando sono depressa – niente paura, mi è passata – e quando faccio sul serio. E poi pensa che guaio sarebbe (sarà?) se non ti piace(sse) la mia voce, se Euly non dice bene ma gracida, strilla, ha la voce agli ultrasuoni.
E alla fine: io non ti chiamo per nome, no. Col tuo nome faccio cose. Ecco.

Amore che a Milan
mimano re e ce l'ha
mire che l'amano
ch'armano miele

Ma che le mirano
le mani che amor
le mima ch'erano
animale che mor

O che mal rimane
animo che 'l mare
nome che 'l riama

Moran le amiche
mira a che 'l nome
rimane che l'amo

Scritto questo, e per chiarire che non sono solo un esserino sognante, vorrei chiederti se per favore eviti di parlare per tutto l'intervallo con Vittoria, che avrà anche gli occhioni azzurri (prevedibili, voi ragazzi), ma è un'oca potente e in più non si lava. Ma ce l'hai il naso?

Dietro la lavagna

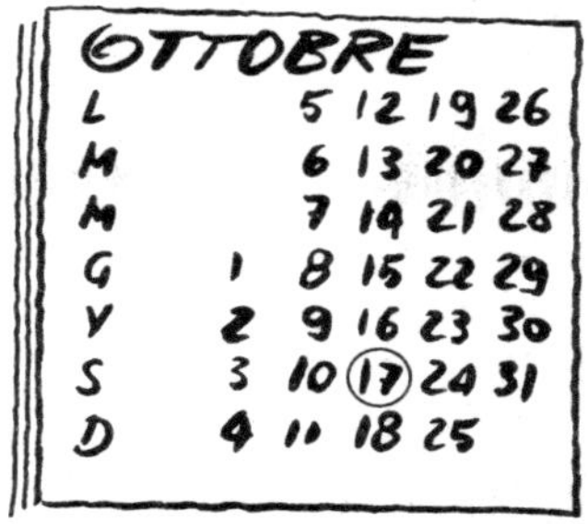

Eilà, Euly, con Vittoria ci parlo, con te scrivo, è tutta un'altra cosa, lo dici anche tu: le scritture sono piene di vantaggi, si leggono e si rileggono, eccetera. Che tu non sei Vittoria lo sapevo da un pezzo, però non mi sembra che lei puzzi: eppure il naso ce l'ho, anche se un po' storto, come tu hai già notato. E non è neanche così oca: è un po' bambolina, ma con guizzi simpatici. "Simpatici", oh yes. Non sei un pochino violenta, con lei? Sei gelosa? Pensa, non ci siamo ancora parlati (in un certo modo, si capisce) e sei già gelosa. Ma bene. Non è che ci sia in giro dell'amore senza questa roba, please? Comunque, sei più in gamba di quello che sembri: gli anagrammi del mio nomecognome sono speciali, alcuni sono identici a quelli che ci ho fatto io alle medie... Anch'io li scrivo, e mi piacerebbe spararne una dozzina su di te, appena possibile. Anche i miei acrostici non sono male. Un altro giochino comune! Allora, vediamo: Vittoria non sei, Mara neppure, per la storia dei capelli, e perché Mara mi guarda un po' troppo (te ne sei accorta?) per essere tu. Non sei neanche Martina, perché lei non scrive frasi più lunghe di una riga. Lo so chi sei, però non ne sono sicuro. Se sei tu sono contento, perché mi piace la tua faccia, e persino la tua voce, anche se la tieni bassa, magari perché ti credi gracidante. Se sei tu, il primo giorno, guardando le ragazze, eri tra le due facce che mi piacevano di più, colore delle unghie e ragionamenti a parte. Vediamo se ci stai: nel prossimo mess. mi piacerebbe una tua foto da piccola, o piccolissima: ma non troppo piccola, perché appena nati siamo tutti uguali. Anche i bambini si somigliano un po', ma insomma mi piacerebbe vedere come eri. Prometto solennemente che terrò la foto segreta e che te la restituirò, anche subito, nel prossimo messaggio, se me lo chiedi.

P.S. Nel primo anagramma c'è una "a" di troppo e nel secondo cresce una "e", ahi ahi... Non te la prendere. Rimane che l'amo.

Zaino di Michele

(Sul foglio avvolto attorno a una piccola foto a colori, un po' sbiadita)

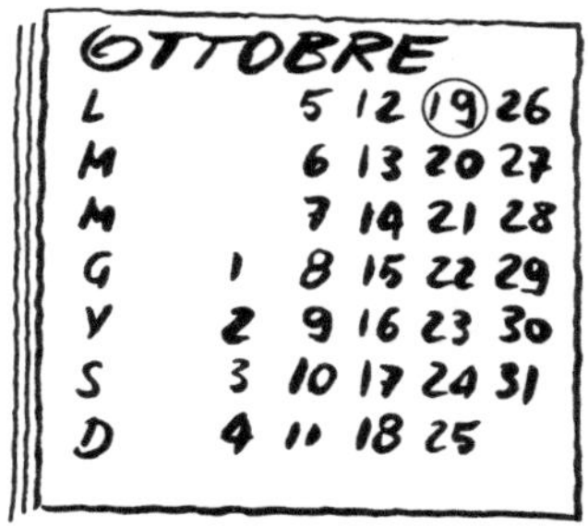

Io a otto mesi. Come vedi, capelli zero. E questo non aiuta. Ma la faccia non è cambiata tantissimissimo. Quello che tengo in mano sembra un ferro da stiro e invece è un topo di gomma gialla, il mio giocattolo preferito. Si chiama Go e ce l'ho ancora perché la mamma ha la mania dei ricordi e ha messo in una scatola a fiorellini tutte le cose di quando ero piccola, la prima camicina, i sonaglini, le scarpine, tutto ino.

Quando avrò una bambina Emma credo che mi piacerà farle vedere tutto.

Ogni tanto tiro fuori Go e lo annuso. Sa ancora di vaniglia.

Non è gelosia, non credere. È una cosa di un'altra razza. È che non voglio vederti perdere tempo. Con un'altra.

È che mi piacerebbe spuntare fuori, giù la maschera e via, vedere la faccia che fai, se strilli lo sapevo lo sapevo oppure se resti lì secco perché non hai capito niente, fino alla fine, con tutte le arie da Sherlock che ti dai. Ma poi non so.

Forse è gelosia.

Ho preso tre in greco. E non è un indizio perché il prof ha dato solo tre e quattro, a parte due sufficienze. Bravo. Un grande debutto.

Credo che i miei mi faranno a pezzi. Se vedi girare una con la testa sotto il braccio, quello sì che è un indizio.

È che ci tengono tanto, dicono che è l'unica scuola decente, e blabla e blabla, il futuro, le cose. A me il futuro sembra così in là. D'altra parte è il suo mestiere.

Ieri ho fatto un giro dalle parti di casa tua e ti ho visto che uscivi con uno. Daniele?

Io di pomeriggio più che altro mi stufo. A volte per non stufarmi leggo. Robe da piangere. Tiri un po' su col naso, ti strofini gli occhi e poi tutto va meglio. Dicono che fa anche bene, agli occhi.

Dietro la lavagna

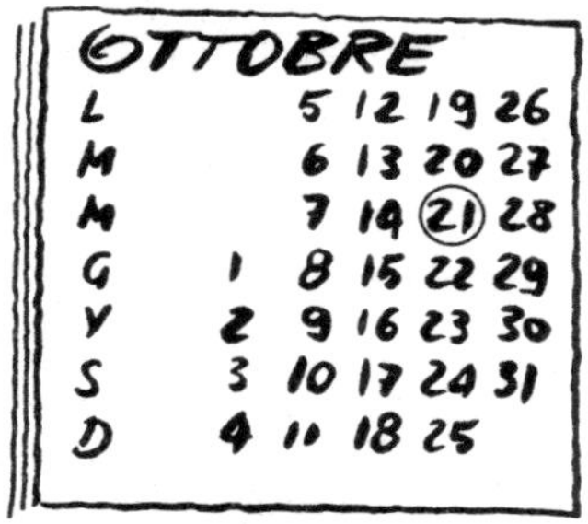

Ecco, vedi, avevo delle cose belle da dirti, provate l'altroieri guardandoti da piccola, cose dolci persino, una specie di capogiro strano, nuovo, credo proprio che ti sarebbe piaciuto saperlo, e invece è arrivata la malinconia brutta, di quelle che mi pigliano ogni tanto, e non ho un Go da annusare. È una cosa che comincia proprio appena sveglio (come stamattina), proprio mentre apro gli occhi. È come una paura di tutto il corpo, somiglia a una cosa che ho letto in un libro una volta, di un personaggio, l'angoscia. È brutta, perché non so bene cos'è e perché prende dentro tutto, me, genitori, sorella, amici, il mondo e anche te: mi sembra che siamo in uno sbaglio, presi in giro nel tempo, da qualcosa o qualcuno: ma non è neanche questo, se qualcuno mi stesse prendendo in giro, mi verrebbe da protestare. È come il fatto che il deserto avanza, Euly, e né io né tu né Go né Luciano né Daniele (sì, era lui quello di ieri, ma tu come fai a passare dalle parti di casa mia, se abiti dove abiti, anche questo mi butta giù, che fai un giro lì intorno e mi guardi e io non ti vedo, magari eri nascosta dietro la cabina del telefono come nei film), nessuno ci può fare niente, nemmeno il presidente degli U.S.A. che poi ha l'aria talmente tonta, come se dovessero ogni mattina reinsegnargli da capo cosa ci sta a fare al mondo, anche lui. Mia madre, quando sono così, si preoccupa, e probabilmente senza farlo apposta si mette a cucinare le cose che mi piacciono, tipo peperonata e spaghetti col tonno e risotto coi funghi, ma l'appetito è l'ultima cosa. Mi spiace, non riesco a dirti com'è davvero, è proprio brutto, mi viene anche una specie di asma (solo un po', una volta soltanto a dodici anni stavo quasi per soffocare): e che lagna sono, sono uno schifo, ma proprio non ce la faccio con l'allegria in giorni così (oggi a scuola era come essere lì morto, altro che bravo per il sei e mezzo in greco) e poi passa, di solito. Scusa, era tutta un'altra lettera che volevo fare, ma è venuta questa.

Zaino di Michele

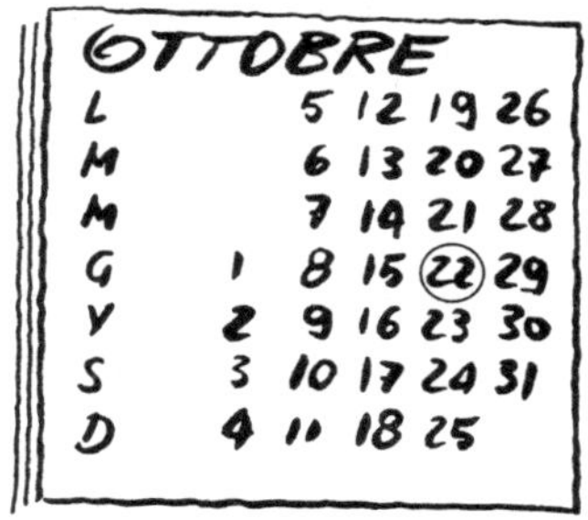

Capisci bene quello che sto per dirti, non fraintendere, altrimenti è un guaio. Volevo dirti che in un certo senso sono contenta, no, contenta non è la parola giusta, insomma, sollevata di sapere che anche tu ogni tanto senti dei buchi dentro: è che sembri sempre così sicuro, così pronto a riderci sopra, così serio, alla fine. E invece sei vero, sei capace di star male per nessun motivo, e sai anche dirlo senza vergognarti, perché poi ci si dovrebbe vergognare se qualcosa ti morsica dappertutto e non sai neanche cos'è. Così mi piaci ancora di più.

E allora posso anche rinunciare alle cose belle che volevi dirmi stavi per e poi è successo il resto, posso immaginarle e tenermele strette anche se le hai soltanto pensate e non le so. Pazienza, anche il vuoto passerà, vero che passa? Mi piacerebbe riuscire a farti ridere, ma non so se sono capace, è difficile, io quando ho i musi non voglio vedere nessuno, sentire nessuno. E come pagliaccio non sono un granché. Forse è meglio lasciar stare, e aspettare.

Però intanto posso raccontarti che sto leggendo un libro bellissimo, forse un po' da femmine perché è scritto da una americana e le protagoniste sono soprattutto ragazze, s'intitola *Cioccolata a colazione* e parla di questa che è la figlia di un'attrice e al college ha una compagna di stanza un po' fuori, poi crescono, fanno del sesso, s'innamorano ma sono sempre un po' depresse, hanno questi problemi non risolti di quando erano bambine, finisce un po' male un po' no ma non ti dico come anche se non credo che lo leggerai mai, non è proprio il tuo genere. Me l'ha dato mia cugina Carola che ha trent'anni ed è una vera pazza, lei sì che ha i capelli un po' azzurri, era suo, infatti si vede perché lei quando era piccola mangiava sempre gli angoli delle pagine, così i suoi libri sono tutti sbocconcellati, ha detto che per lei è stata una gran lettura ma immagino che ai suoi tempi per certe cose fossero un po' indietro. Nella prima pagina ha scritto una poesia d'amore, no, non sua, l'ha copiata da qualche parte, parla di due che si conoscono e si amano un'estate e poi addio, è carina ma non voglio torturarti, però l'ultima frase mi piace e te la scrivo:

> Dovessi sopravvivere a tutto questo
> (e l'essere umano può farlo)
> potrò dire di te solo del bene.

Allora, ci sono riuscita? Ti ho distratto un po'? Speriamo di sì. Altrimenti a cosa servo?

Dietro la lavagna

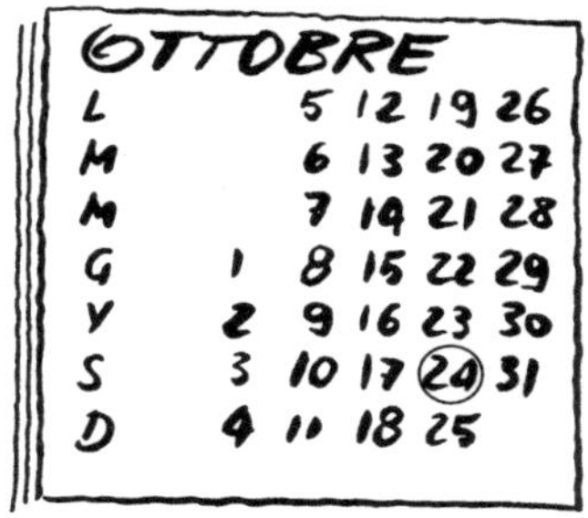

Bene bene, è passata. Passava anche le altre volte, ma questa volta ci hai messo anche tu lo zampino. Così, mi piacerebbe dirti le cose che avevo pensato l'altro giorno, ma a pensarle adesso non riesco, non sono così fresche: e allora sai che faccio? Anche per ringraziare del pezzo di poesia che hai scritto, mi riprendo la tua foto (finché non me la chiedi la tengo), la guardo, e ci faccio una poesia. Perché io sono (sarò) un poeta, non lo sapevi? Sicché:

Eccola qui da piccola,
con il suo topo in mano.
La faccia è già la sua,
ma un poco da lontano.

Capelli, quasi niente,
come un maschietto, quasi:
ma il suo è il più carino
fra tutti quanti i nasi.
Mi viene, mentre guardo,
quasi uno stordimento:
perché, per questa frugola,
sento quello che sento?

So fare di meglio, naturalmente: ed eccomi tornato "così sicuro", come dici tu. Mi prendono in giro parecchi, per la faccenda della sicurezza. Non è mica sicurezza vera, ci ho pensato molto. Daniele, che è esperto in materia di famiglie e problemi collegati, mi ha detto che io gioco a fare il mio papà, visto che lo vedo così poco. Occhio, che se facciamo la Emma, prima o poi, lei sarà mia figlia ma anche nipotina, perché io sarò il padre e anche il nonno. Mamma mia, che anguillata. Ma faremo Emma? Io non so come si fanno i bambini. Lo so in teoria, ma in pratica, preferirei andarli a cercare sotto i cavoli, o far domanda scritta alla cicogna. Non sono mica come quella figlia d'attrice che è depressa, sì, ma fa tranquillamente del sesso. Io i libri non li smangiucchio, però ai miei (proprio miei) faccio le orecchie. Mi piacerebbe farne una a te: cioè, piegarti un'orecchia per bene, in modo che tu non senta altri discorsi, altra musica, finché non torno io a parlarti. Idea terribile, vero? So chi sei, ma non ne sono sicuro. Fammi capire soprattutto chi non sei, Euly, perché se sto sbagliando è da spararsi.

Zaino di Michele

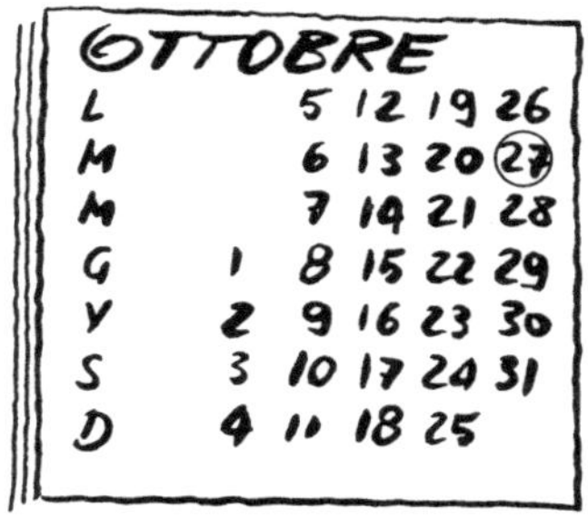

Era così bella, l'ultima lettera con la poesia e tutto, compresa la faccenda dell'orecchia, che ci ho messo un po' a trovare le parole giuste per risponderti. L'importante era sapere che ti era sparita la vuotitudine. E comunque mi sono anche commossa un po'. Grazie. Nessuno mi aveva mai scritto una poesia. Neanche una canzone, se è per quello. Voglio dire che il mondo è pieno di canzoni con dentro dei nomi, ma il mio non se l'è filato nessuno stupido cantautore di quelli che piacciono a me. Per adesso.

Come mai il tuo papà è sempre via? Lavora tanto? Non sta con voi? E tua sorella? È per caso quella biondina tutta vestita di nero che ti portavi aggrappata alla schiena come uno zainetto l'altroieri pomeriggio in motorino? E se non è tua sorella cosa devo fare? Dopo aver provveduto alla sua eliminazione fisica posso zainettarmi anch'io un giorno o l'altro? Gli scooter mi terrorizzano, ma se sei mooolto convincente potrei anche farmela passare.

Comunque sono contenta di vedere che anche tu sei un po', mmm, geloso, ecco. Per via dell'orecchia piegata, dico.

Ma non ti devi preoccupare: gli altri della classe sono tutti pallidini, a parte Nicola che ha una bella faccia da attore francese, sai quelli sempre un po' spettinati, però parla solo di vestiti, noia, noia. Almeno fossero vestiti da ragazza.

Certo, se mi sbagli non c'è niente da ridere. Se ti sei messo in testa che ho una certa faccia, perché sembra che s'intoni con i pensieri che penso e anche con quelli che pensi tu di me, e poi non è così. O magari è solo che quella certa faccia ti piace, e vorresti che fosse la mia, lo vorresti così forte che alla fine ti convinci che sono io, invece poi colpo di scena.

Il naso comunque non è cambiatissimo.

Però non sembro più un lottatore di sumo in versione bonsai.

Troppi indizi, per oggi basta.

Invece volevo parlarti di un'altra cosa. Voglio dire, sempre di me, ma in un altro modo. A te non capita

mai di non sapere chi sei? Voglio dire, se guardo le altre della classe mi sembra di capire che tutte sono qualcuno. Senza far nomi (troppo facile), si può dire che questa è bella (è una specie di mestiere, essere belle, non credi?), quella è una sportiva (e quindi la sua vita ha un senso, almeno in palestra), quella è impegnata (e le riunioni, i rappresentanti di classe, blabla, uffa: ma è un mestiere anche quello). Insomma, sembrano tutte più qualcosa di me. Io a volte ho l'impressione di non avere neanche i contorni. Non so dove vado, non so cosa farò da grande, non so neanche che cosa mi metterò domattina. Almeno quelle che si vestono sempre di nero una certezza ce l'hanno. E invece è proprio questo non sapere che mi sfinisce. Quando ci penso non è che mi venga proprio la depressione, no: però non sto tanto bene, un po' come quando senti che sta arrivando l'influenza. Ma che razza di malattia è?
Una manciata di bacilli

io

Dietro la lavagna

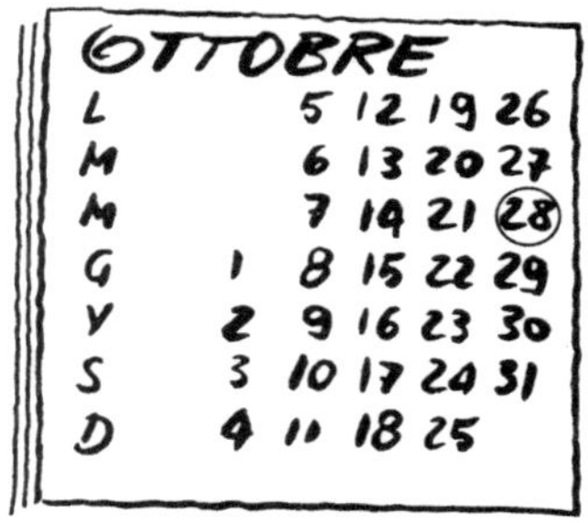

Non mi sbaglio, Euly, non mi sbaglio: non solo perché, a forza di dire chi non sei (a meno che tu faccia sporchissimi trucchi), risulta chiaro chi sei: sappiamo già le due che non sei, e se poi non sei quella che di mestiere fa la bella (anch'io penso sempre che le strafighe della televisione, o anche solo la nostra Panti, for instance, facciano una ben dura vita, con quell'ora e mezza almeno al giorno per perfezionarsi la faccia), se non sei la Murali "extra-body-viva-l'energia", e non sei quella impegnata (ma anche tu, se sei chi sei, e lo sei senz'altro, non è che te ne stai zitta in assemblea...), risulta che non puoi essere altro che tu, il che è chiaro già da molto: ma a farlo chiaro, più che questi chiarissimi e forse non proprio casuali indizi, c'è il fatto che ormai, quando io leggo le tue lettere, sento una voce, vedo una faccia, vedo le mani che si muovono in quel modo, e la testa (brunochiara) che si inclina nei punti più difficili del discorso, insomma vedo te che parli, sai benissimo come fai, e se non fossi tu sarebbe talmente strano da essere mostruoso e io non lo sopporterei, perché, anche se non te ne accorgi (ma sì, perché voi fanciulle avete antenne anche dietro), io adesso ti guardo molto in classe, da dietro of course, e studio le tue reazioni a tutto quello che succede, e tu reagisci proprio come io penso che tu reagirai, perché ti conosco. Per esempio, quando il prof dice il suo solito «Oggi il nostro argomento sarà...», tu non riesci a frenare il nervoso, la noia che ti prende, non riesci a evitare (lo fai proprio sempre, sempre) di metterti una mano sul collo (grazie per le unghie colorate da unghie) e passartelo due o tre volte, come per un massaggio: lo vuoi sapere? mi piacerebbe essere io lì dietro, al posto della Ferrario e allungare la mano e farti io il massaggio: niente di intimo, Euly, nessun rischio AIDS, solo un massaggio al collo. Sì, davvero, ormai o sei tu o non sei nessuno: pensa che disastro, se non fossi tu, ti sentiresti proprio nessuno come dici nell'ultima lettera, e ti butteresti dalla finestra, per fortuna siamo al primo piano: ma siccome sbaglieresti a credere di non essere tu, perché tu sei proprio tu, ti butteresti per sbaglio, tipo Giulietta, però al massimo ti storteresti la caviglia, e allora arriva l'ambulanza, e ti portano al Pronto Soccorso, e io m'infilo dentro dicendo che sono tuo fratello (invece sono fratello della tipa zainettata in motorino, e qualche volta porto anche una mia cugina: Argenta, strano nome, eh?, che ha i capelli rossi, non ammazzarla perché è simpatica e consanguinea: verseresti il mio sangue), e siccome sono tuo fratello, in ambulanza, non solo ti farei il massaggio alla caviglia storta (meglio di no, fa male, lo so) però magari al collo sì, due o tre volte, e poi, questo i fratelli non lo fanno, come nel lietofine dei film scemi, mi chino e ti bacio sulla bocca: so come si fa, anche se avremmo problemi col tuo apparecchio: senti, se ti butti dalla finestra, prima levati l'apparecchio, va bene?

Ciao, tu. Michele.

P.S. Facciamo finta che non so chi sei, per favore: non ti rivelare. Il gioco mi piace, e forse non sei tu, ho un po' paura, e che casino.

Zaino di Michele

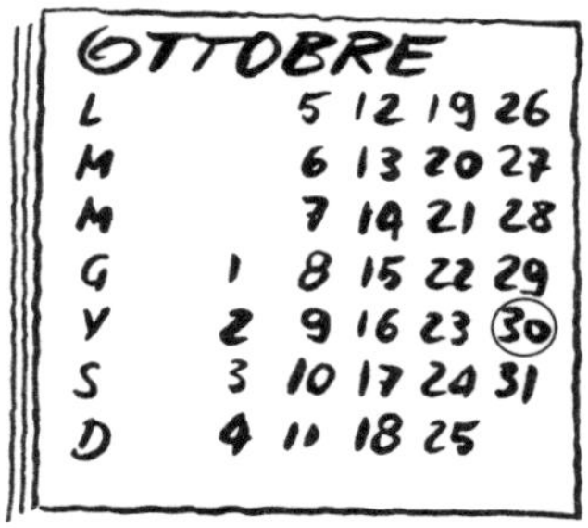

Ma insomma, io non lo so, è tutto un facciamo finta. Come i bambini: facciamo finta che tu eri il principe e io ero la damigella prigioniera e tu mi venivi a salvare. Sì, ma quand'è che mi salvi per davvero? Intendo dire, la faccenda del gioco piace anche a me, altrimenti non avrei cominciato. Il problema è che non so se è più tanto un gioco. Quando non trovo il tuo messaggio esattamente ventiquattr'ore dopo che ti ho lasciato il mio (e a volte è successo) mi viene l'ansia. Penso che ti sei stufato (poi però ti leggo, con quarantott'ore di angoscioso ritardo, e mi rilasso almeno un po'), che è più importante il calcio, che mi hai appallottolata come si fa con un foglietto pieno di scarabocchi. Ho cominciato ad aspettarti. Vorrei che mi scrivessi di più.

Se una lettera ha tre righe meno di quella prima, già ti vedo che strapazzi la stilo (bella, è un po' da nonni, è bella per quello) perché non sai cosa scrivermi. Per intenderci, l'ultima, di lettera, era della lunghezza giusta. Ma se anche aumenti, non mi dispiace, anzi. Insomma, che gioco è se ti morsica la pancia? Non vale, come dicono i bambini. Non vale, come dico io. Allora mi vien voglia di scriverti dei messaggi lunghi sette pagine, tutti macchiati di lacrime, con le parole un po' sbavate, tutti strazianti. Perché almeno so che ci metteresti sette volte tanto a leggerli, e staresti sette volte di più con me, anzi, con lei, quella me-lei di inchiostro che boh, chissà se assomiglia a quella vera. Certo, hanno lo stesso nome, ma il resto?

Insomma, ho un po' di pensieri. Sei tu il mio pensiero. E comunque hai presente quando hai mangiato una tonnellata di nutella perché di sì e dopo qualche giorno c'è come una rivolta del corpo e ti svegli con uno di quei brufoli grossi, rossi e dolorosi che però restano lì in agguato sotto la pelle, per lo più in un posto molto visibile come il mento, praticamente la prima cosa che vedi di una persona, così giganti che non hanno neanche il coraggio di spuntare? Ecco, in genere uno che è in quelle condizioni esce sperando che nessuno, dico nessuno noti l'orrendo gonfiore pronto a sfigurare il suo volto per parecchi lunghissimi giorni.

E naturalmente la prima persona che incroci, di solito tua mamma o tuo fratello, ha già la domanda pronta, sembra che si sia preparato o che non aspettasse altro da settimane: «Ma che cos'hai lì? Non sarà mica un foruncolo?». Ed è solo il primo di una lunga fila di ficcanaso invadenti che non sanno rispettare le tue più intime sofferenze. Ti dico tutto questo solo per farti capire una cosa, così, in generale: metti che uno porta l'apparecchio, uno, o anche una. Secondo te se gliene parli è contento? O forse non preferirebbe essere ignorato, almeno lì? Essere passato sotto silenzio? Non lo dico mica per me. Non è una faccenda che mi riguarda. Ma se ti piace una ragazza, cerca di non dirle che è carina anche se ha l'apparecchio. Dico un'altra ragazza, non io. Io non ti piaccio, lo so. Me, mi ami.

Dietro la lavagna

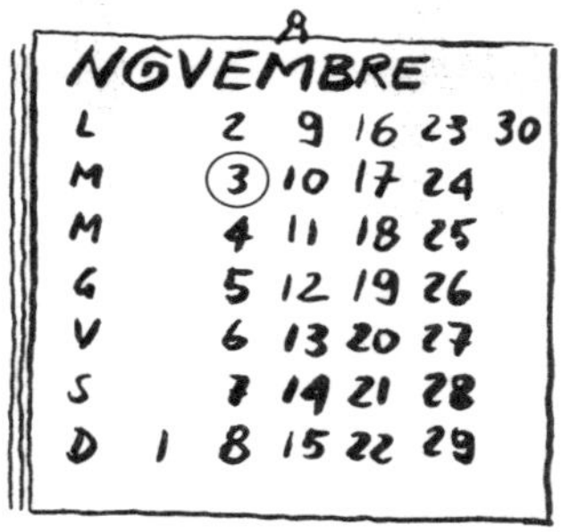

Allora, scusa per due cose, Euly: prima, la faccenda dell'apparecchio. Che tu ce l'abbia o no, dipende da chi sei, io non pensavo davvero di essere indelicato a parlarne: essere delicati è sempre così difficile. Il fatto è che l'apparecchio l'ho portato anch'io fino a giugno, quando ancora non ci conoscevamo, ed è una cosa che, per me, era diventata normale. Ci ha impiegato parecchio, a diventarlo: all'inizio fu una tortura, mangiando, e persino parlando. Pensa che una volta mi si era sganciato un filo (era di quelli coi fili metallici attorcigliati, forse non è il tuo modello) e io non me n'ero accorto: un giorno, parlavo con mia madre un po' in fretta, forse discutevo, mi sono infilzato la lingua, da solo, come un tordo… Insomma, l'apparecchio per me è una cosa normale e non vergognosa, ma capisco che voi donne avete tutta una sensibilità su queste cose, come quella del foruncolone nutellogeno, che mi ha fatto ridere parecchio. E perciò scusa uno. Scusa due, più importante: mi sono accorto, ripensandoci, di avere esagerato con la faccenda del massaggio al collo e del bacio sull'ambulanza. Non è che non ci pensi davvero, ogni tanto, non sono mica un santo eremita cenobita anacoreta barnabita: però, credo, scrivendoli, ho forse fatto una certa scena, ho cercato di sembrare più maschio, perché tra noi ragazzotti, devi capire, c'è un gran parlare di quelle cose, e anche se so benissimo che sono solo una parte, ti si fissano delle idee, e magari fai un po' il lover, e sbagli tono. Cioè, cerca di capire, non è che io ritiro l'idea, ma ho paura di averla voluta mettere lì, così, per farti vedere (o far vedere a me) che con le donne ci so fare, che so come si fa. Invece non lo so, sto imparando. E dopo le mie scuse, ecco un'accusa… (Sempre il solito, eh?) Ma è un'accusa dolce. Parte dall'inizio della tua lettera, quando ti lamenti del nostro "facciamo finta", eccetera. Ti cito un classico, sull'argomento: «Il bello di cominciare una scuola (o un'altra cosa, NDR…) è solo questo: dietro non c'è niente, nessuno sa chi sei. Puoi buttarti alle spalle un passato, eccetera». I classici sì che sono sapienti! Perché non è solo questione di continuare a giocare per giocare, Euly, ma perché se un gioco finisce, e può finire anche domani, lo sai benissimo, non sarà più lo stesso gioco. Il momento che io e te ci guardiamo in faccia la prima volta sul serio, non come compagni di classe come ci capita adesso, i casi sono tre: o ci viene talmente da ridere che ce la facciamo addosso, sai che figuraccia; o ci sentiamo così imbarazzati che diventiamo peperonici, e non riusciamo più nemmeno a parlarci; o, più probabile, cominciamo a guardarci con tenerezza, sì, ma anche al modo di quelli che sanno già chi sei, cosa fai, dove vai: come la mamma, insomma, o la sorella, o gli amici che ti danno tanti consigli. E allora, anche se sarebbe bello, se sarà bello, sarà un'altra cosa: perché staremo lì, corpo e anima tutto insieme, senza i bei nascondini delle parole, dei silenzi (quando non rispondo di corsa è perché faccio una risposta A, e poi la straccio, e poi una B, che va un po' meglio, eccetera...), dei giochi. Insomma, anch'io ho voglia di venirti a salvare, damigella, ma poi chi ci salva dall'essere io-io, e tu-tu, di fronte, con le nostre facce vere, che non possono cambiare più, che non sono più questi bellissimi sogni? Lo so, è un po' un discorso da vigliacchi, però lo faccio lo stesso, anche per allungare la lettera, così, se la misuri, non pensi che non so cosa scriverti: se ti interessa, la risposta A dell'ultima volta era di 5 (cinque!) pagine, e poi si è ridotta a una e mezza: scommetto che ti piacerebbe tanto sapere cosa c'era, che cosa ti sei persa. Niente di speciale, credimi: magari un altro po' di quelle carezze, e scemenze d'ambulanza. Non è vero che non mi piaci (apparecchio o no): mi piaci molto. Sono sicuro che mi piaci, molto più sicuro di questo che del fatto che ti amo. Ti amo? Ti amooOO/ Ti amo! T'amo. Tam. Bum. Parazum! Caloticgher? What do they mean, such words, in questo mondo ragazzino? Ciao, Eu. Scrivimi ancora.

Zaino di Michele

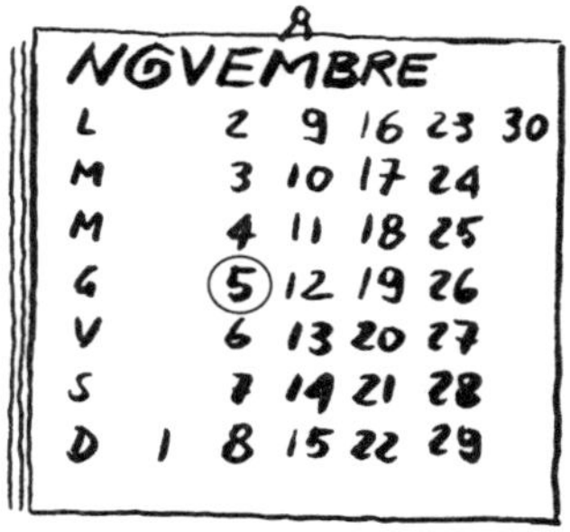

Caro tu che non sei altro, non credo che sia una faccenda di viltà. Voglio dire, mi piaci così, un po' lento, un po' marmottina, insomma, non proprio un fulmine. Ma ce l'ho bene in mente, un certo fulmine d'estate, uno di quelli del mare, molto carino, anche, tutto ricciolo con un orecchino piccolissimo blu nel lobo destro, praticamente una piovra. Grande: 18. Ci conoscevamo da tre giorni ed era già riuscito a trascinarmi sulla spiaggia di notte, che fra l'altro è anche vietato e devi dribblare dei vigilantes grossi come armadi, ma lui niente, è così bello diceva, vedrai, le onde che fanno ciaf ciaf, be', il mare era tutto nero, romantico zero anche perché faceva un freddo, avevo le scarpe piene di sabbia e ovunque mi girassi mi trovavo una sua mano appiccicata a ventosa, il tempo di farla andar via, snap snap snap, ed eccola aderire con tutta la sua superficie a un altro pezzo di pelle, tu capisci, d'estate ci si veste pochino, pelle nuda da tappezzare di mani sudaticce ce n'è tanta. Immagino che vorresti sapere com'è andata a finire, ma non è una roba da scrivere, non è neanche una roba che vorrei replicare, le scarpe non c'è stato verso di vuotarle, c'è ancora della sabbia infiltrata qua e là anche se le ho lavate tre volte.

Tutto questo un po' per farti ridere un po' per dire che insomma, io ho un po' fretta ma capisco se tu invece vai piano e a volte metti anche la retromarcia, forse hai ragione e sei un po' più saggio, strano però, di solito sono le ragazze a capirci di più, a essere taaanto sensibili, qui è tutto un po' rovescio e anche questo mi piace, che niente sia come sembra o come dovrebbe essere.

La lunghezza dell'ultimo messaggio era perfetta, perfettamente accettabile, dico, ma sono gradite missive anche più lunghe, il vero problema è che se il prossimo è tipo sette righe più corto non so se lo sopporterò. Se una mattina entri in classe e inciampi in una che sta lì lunga distesa è la volta che non hai più dubbi, ammesso che te ne frulli ancora qualcuno per la testa. O magari è un facciamo finta anche questo, tu credi di avermi indovinato e invece sei ancora un po' confuso e vai in giro con la lente a caccia di indizi, perché, lo capisco, l'aspetto giallino di tutta la faccenda ti piace quasi quanto quello rosa. Quel Graham Greene del libretto che leggevi non è uno che scrive di spie? Allora dai, se ti piace così tanto spiami ancora un po'. Spiami il collo e i capelli, e le mani con le unghie color delle unghie, se ne sei così sicuro. Spiami i piedi e indovina il numero che porto (il tuo dev'essere un quarantacinque scarso, indovinato?). Mi piace sentire il tuo sguardo addosso. E non strizzarti troppo il cuore pensando a quello che si perde se la maschera va giù: quando (anzi se, se e quando) saremo io-io e tu-tu, ci saranno ancora mille giochi da giocare. È una promessa.

Dietro la lavagna

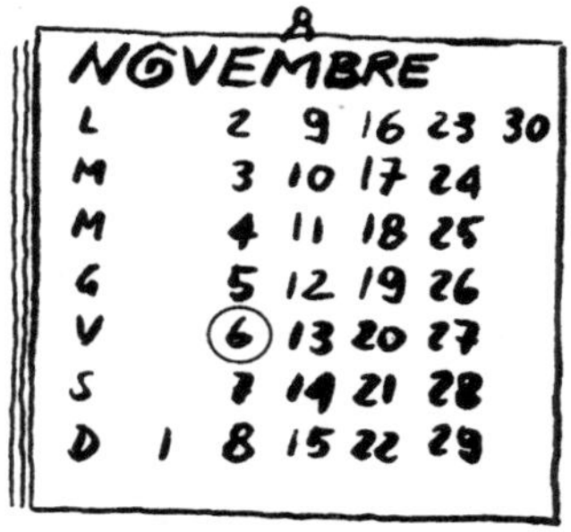

Ti piaccio davvero anche così cretino? Mi ami anche così cretino? "Un po' lento, marmottina", sono proprio le parole che si dicono a un cretino per non offenderlo: perché io lì a scusarmi di aver pensato carezze al collo e baci odontoiatrici, e tu pronta con la storia del diciottenne-piovra-mani-appiccicose-sulla-pelle-nuda, che basterebbe per un serial-beach, incluso il gran mistero di come è andata a finire, e che io vorrei tanto sapere come un bavoso maniaco curioso: invece sono solo un cretino, lo dico senza prendermela, lo sapevo già, e adesso lo so meglio, che voi ragazze siete avanti su queste storie, anche se noi bla bla bla: non solo più avanti in teoria ma anche in pratica. Altro che retromarcia: come fa uno a dire "ti amo", seriamente, se è un cretino che va pianino pianino, e non ha mai dribblato vigilantes sulle spiagge nelle notti estive? Il fatto è che in effetti, cara Euly, qui lo dico e lo ridico, a me succede di non essere come Nicola che, secondo lui, si è fatto una quarantina di donne di tutte le età, culture e razze, compresa una professoressa di ginnastica alle medie: io mi sono limitato a goffaggini con un'amichina, della serie "vediamo, chissà come si fa", cose da piccolini, e a qualcosina con una della terza C alle medie, a una festa, quando avevo già l'apparecchio in bocca, e ti lascio immaginare. Dunque, cretino come sono, "non proprio un fulmine", andiamo avanti: sono chi sono, e non sono stato io a cominciare. Non credere che sia una lagna, anzi, adesso sono quasi allegro, perché comincio a pensare che avremo (o avremmo) davvero molte cose da dirci, a tu per tu, per esempio la faccenda di mio padre che mi hai chiesto qualche lettera fa: non ti ho detto niente perché non mi piace scriverne su un foglio: dopotutto qualcuno potrebbe intercettare, oppure le storie delle paure, della solitudine, eccetera. Poi, spiacente, questa lettera non sarà lunga giusta, e inciamperò sul tuo cadavere in classe, ma o la finisco subito e ripasso storia, o la devo rimandare a domani pomeriggio e probabilmente tu ti sarai già suicidata. Così leggiti il poco e decidi se sono troppo cretino, e se ti piace ancora che ti guardi il collo (o lo guardi a quella che forse non sei tu). Il mio numero di scarpe è solo il 42, in compenso so tenere in equilibrio una scopa sul naso, o sul mento, per tutto il tempo che voglio. Ciao, vado a imparare come fece Alessandro a suonarle a quel bonaccione di Dario a Gaugamela. Se l'avessi saputo prima, ti avrei chiamato Gaugamela, invece di Euly. Eu. Suona come You… Ciao, Eu, you, tu.

Zaino di Michele

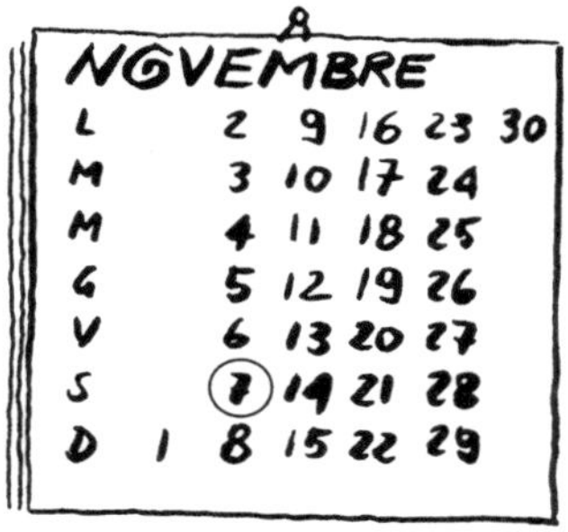

Ma no ma no ma no, scusa scusa mille volte scusa, non volevo offenderti, non volevo darti del cretino, marmottina è una cosa, cretino un'altra. Era per farti ridere e anche un po' spaventare, lo ammetto, perché stessi lì a chiederti com'era finita, ma poi te lo dirò, non è un problema, fa ridere anche quello. Vedi come sei strano, però, quando sei serio tu bisogna scattare, tirar fuori il muso lungo e l'aria di circostanza, fare appena sì con la testa, zitti, e ascoltarti che dici cose tanto importanti, tanto solenni; poi quando hai voglia di divertirti allora fermi tutti di nuovo, alt, contrordine, bisogna lasciarsi prendere in giro e senza protestare. Non sei mai lo stesso. Forse mi piaci per quello, però insomma, non abito dentro la tua testa, non ancora almeno, non riesco a capire di che umore sei da come inarchi le sopracciglia o tamburelli con le dita sul banco, sono tutti segni da imparare a decifrare piano piano, va bene, questa volta la marmottina sono io, non pretendo mica di avere il primato della volpitudine, dammi tempo, per favore, e non arrabbiarti. Che poi ti passa subito e alla fine torni tutto dolce, eh sì, sei proprio strano.

Sei anche un bel tipo, la roba di Alessandro e Dario ce l'abbiamo da una settimana, possibile che con l'aria saggia che hai finisci per studiare tutto di corsa, tutto in fretta? A me, se studio in fretta, le cose restano appiccicate tipo due ore, poi basta, cancellato, via tutto. Non ho una memoria sempiterna, non per le faccende di scuola. Per il resto, la mia mamma dice che sono svanita, ma non è vero: mi dimentico solo le cose poco importanti, tipo vai a fare la spesa, rimetti in ordine la tua stanza, che poi è a postissimo, davvero, è solo nei cassetti e dentro gli armadi che c'è qualche groviglio. Le cose che contano me le ricordo bene. Come quelle che ti chiedo, che butto lì, e tu non rispondi, vai dritto, fai finta di niente. Capisco che ci sono cose che non si possono scrivere, o dire al telefono. Per esempio, l'anno scorso c'era uno (grande, ma meno dell'altro: 16, questa volta) che avevo conosciuto a una festa, uno così, simpatico, normale. Una volta siamo andati al cinema insieme, non io e lui e basta, c'erano anche degli altri amici, e mi ha comperato la cocacola. Gentile, ho pensato. E basta. Due giorni dopo mi telefona e mi dice: «Senti, ma tu sei da sola?». Intendeva dire se avevo qualcuno o no. Io ho detto di sì, cioè di no, e già mi veniva il nervoso. Allora lui ha detto: «Be', allora ti va bene se stiamo insieme, io e te?». Non gli ho neanche risposto, ho messo giù e poi ho staccato il telefono, così la mamma quando è tornata e se n'è accorta è diventata una belva. Ma dico, ti sembrano cose da chiedere al telefono? Ti sembrano cose da chiedere? O succedono, o no. Mica che uno deve fare domanda scritta. O orale. Da allora quello non mi saluta più, pensa che scemo. Meglio così.

Insomma, questa storia te l'ho raccontata per farti ridere un po', stavolta niente fulmini e niente marmottine. Mi hai perdonato? Hai capito che scherzavo o sei così zuccone, oltre che tutto il resto? Aspetto una lettera chilometrica, anche se in storia prendi quattro, cosa alquanto improbabile. Quindi o un chilometro o niente.

Dietro la lavagna

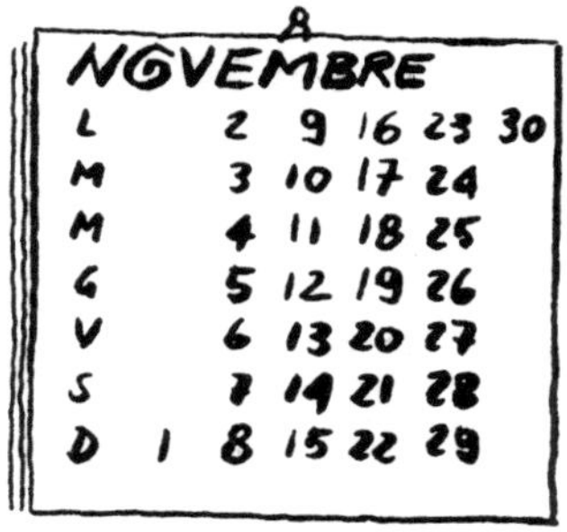

«C'era una volta una lumachina che trovò un messaggio, e siccome era una lumachina che sapeva leggere, e sapeva che i messaggi cominciano dalla prima riga, s'incamminò su quella, e mentre avanzava, senza però lasciare la scia, perché era una lumachina secca, leggeva: naturalmente leggeva pianino pianino, perché la lettura di una lumachina è lenta come l'andatura, e dopo un minuto aveva percorso-letto solo mezza riga, ma lei era paziente come tutte le lumachine e andava avanti...» A proposito, mentre la lumachina andava e leggeva, chissà perché, lo vedremo dopo, cosa diceva il messaggio? Diceva: «Cara Eu, ti ho perdonato, come speravo si fosse capito, già prima della fine della mia lettera precedente: non era neanche un perdono, perché non ero arrabbiato con te, ma con me: così, diciamo che avevo già perdonato a tutti e due». È vero, cambio all'improvviso, me lo dice anche mia madre, e gli amici, mia sorella: sai perché? Perché è come se dentro di me parlassi a qualcuno, sempre: così, quando il dialogo va bene sono carino, se mi metto a litigare con quell'altro, incarognisco. Certo, si capisce, se c'è qualcun altro di mezzo, tipo tu, le cose si complicano un po', e magari può capitare un misunderstanding... Da grande, se avrò i soldi, e se romperò troppo le palle a qualcuno per questa faccenda, andrò dallo psicologo a farmi raddrizzare il cervello: invece non ci andrò, perché nessuno, dico nessuno, in questo mondo, sa abbastanza per raddrizzare il cervello di nessun altro (questo me l'ha soffiato nell'orecchio il mio io nascosto, che è incazzosissimo, su queste cose)... Comunque, né io né lui, se fosse un altro, avremmo fatto l'errore del tamarraccio che ti ha telefonato dopo il cinema, proponendoti così al telefono di mettervi insieme: come se si chiamasse l'idraulico per la rottura del cesso. Io, e l'altro (ma come, siamo in tre, solo adesso te lo dico? non so se l'idea ti piacerà: vuol dire che cercherò di riassumermi tutto in uno come meglio posso), ti avremmo forse telefonato il giorno dopo (dipende se al cinema c'era stato non dico un contattino, ma almeno quel senso di caldo che senti quando stai seduto vicino a una che ti piace, e sei sicuro che lo sta sentendo anche lei), e ti avrei detto: "Senti, XY (non credere che non sappia il tuo nome, illusina), io ieri sera al cinema ho sentito una specie di tepore dalla tua parte, una sensazione molto bella: però magari mi sto sbagliando, perché avevi un scaldino come mia nonna, quando è inverno, o magari la febbre, chissà...". Se ti conosco, a una telefonata così avresti risposto qualcosa, non avresti sbattuto giù il telefono. Colgo l'occasione per dire che, ecco, seppure a sette passi misurati di distanza, quando ti mando le famose occhiate sui capelli e sul collo, un po' di calore strano lo sento, come se da te e me ci fosse un traffico di fiammelle invisibili, o dei folletti che soffiano, or so on. Comunque, la storia del cinema mi ha fatto ridere, anche un po' d'invidia dolce, una specie di gelosia all'indietro, come quando riguardo la tua fotografia, grazie per lasciarmela, non credere che sia abbandonata: non è neanche messa su un altare con le candele, naturalmente, però è lì vicina, da guardarla tutte le volte che voglio. Insomma, Eu, basta, è una gran bella cosa che tu non abbia detto sì a quel troglodita telefonico (era Davide, prima B, per caso? Chissà, ho un sospetto, così...): certi sono grandi fuori, ma piccoli dentro. Cioè, anch'io non sono un nano, come sai, ma io sono io, no? Mi piace la tua maglietta degli ultimi giorni: diciannove strisce orizzontali, tutte di colori tipo giallo, arancione, marrone, con qualche sfumatura viola che impreziosisce. Sono contento di guardarla da dietro, perché davanti sarei distratto dal dolce femmineo gonfiore, e perderei il conto. Altolà, Micchio (così mi chiamano in famiglia): è tempo di tornare alla lumachina, così forse si spiegherà che cavolo c'entra. Dunque, la lumachina paziente andava, andava e leggeva, leggeva, lentissimamente, e mentre una lettrice comune sarebbe già arrivata alla fine, lei era a un terzo della prima riga: però, leggendo a quella bassa velocità, lei capiva tutto meglio, e anche fra le righe: ma nonostante tutto questo, per quanto fosse la lumachina più paziente del mondo, a un certo punto si fermò, agitò le cornina nell'aria, e disse: «Ma questa lettera è lunga chilometri!». Però lo sfogo finì lì: la lumachina chinò il capino, abbassò le cornina, che in realtà erano occhini, e riprese a leggere la lettera, che se non era proprio lunga chilometri, andando piano piano, lenta lenta, lo sembrava davvero. È un suggerimento, Euly? No, certo: ma visto che i chilometri sono troppo lunghi per noi umani, è almeno una possibilità, un'ipotesi, un'iperbole... Rimetti la maglietta, per favore, devo contare le righe altre dieci volte, nell'ora di mate. Ciao molto. M.

Zaino di Michele

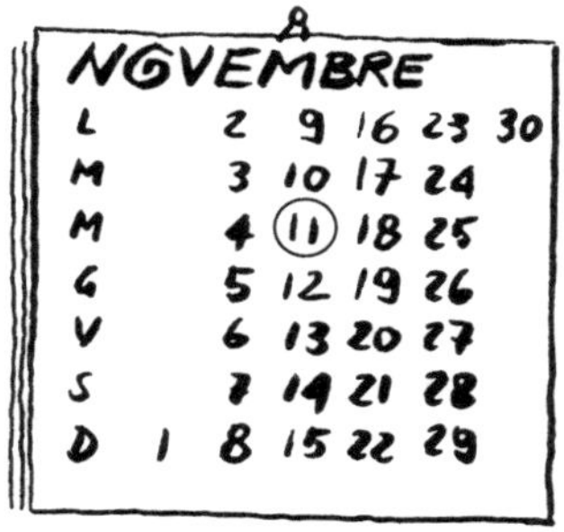

Caro Michele,

sapere che non sei arrabbiato con me mi ha molto sollevato. Io sto bene, grazie, e così spero di te. E la scuola come va? Hai visto qualche film interessante negli ultimi giorni? Spero che a casa tua siano tutti in buona salute, cordiali saluti anche alla zia Bice (cordiali? distinti? cari? Cari saluti, non è tremendo?). Scusa, scherzavo, stavo solo cercando di capire come si fa (e se è possibile, ma direi proprio di no) a scrivere una lettera vera, insomma, una lettera con un capo e una coda, non come le nostre che sono senza testa, al massimo hanno degli occhini di lumaca e sotto dei velocissimi piedini di carta che le portano in giro per l'aula, al posto giusto, dove devono stare, a volte negli zaini, a volte nei nascondigli segreti, e poi dritte dentro il cuore. Che parola cuorosa, eh, cuore? È rotonda, rosa, te lo fa proprio vedere, un bel cuore grassottello da pubblicità dei cioccolatini o da romanzo di sospiri, scommetto che odi le prime e i secondi, i cioccolatini no, spero, loro sono innocenti, non è colpa loro se li avvoltolano in strazianti pensieri di carta velina che al primo sgranocchio te li sei già dimenticati (i pensieri, dico. Non che il cioccolato duri molto di più). E ci immagino, io e te, un pomeriggio freddino, appallottolati su un divano, via le scarpe, e davanti una sterminata scatola di cioccolatini di tutti i tipi da morsicare senza pietà. Se faccio un po' la scema è sempre per farti ridere, mi piace la tua faccia che ride, quando ridi strizzi gli occhi che quasi spariscono dentro le pieghine di carne, e butti indietro la testa come se stessi brindando a qualcuno, tipo al dio della risata, e poi già che ci sei ti butti il bicchiere dietro le spalle e quello va in mille pezzi come nei film con gli eroi. Oh mio eroe, non vorrei sembrarti interessata, ma siccome tu in latino prendi sempre sette e io cinque più, alla prossima verifica mi fai copiare? Guarda, tu fai una lumachina di carta con sopra la traduzione scritta molto piccola, poi la metti per terra e le dai una spintarella, appena appena, per farla partire. Vedrai che arriva al posto giusto, cioè il mio. Mira bene, prego, perché se finisce sotto il banco della Marzi ti stendo, eroe o non eroe.

N.B. Il mio colore preferito è il blu. Poi il bianco. Poi il nero. Poi l'arancione. Il colore del mio segno zodiacale sarebbe il rosso, ma tutte le volte che mi metto qualcosa di rosso succede qualche guaio, così ho deciso di rinunciare alle benefiche influenze astrali. Le righe allargano. Come dire ingrassano. Anche il viola comunque è carino.

Messaggio scritto sulla lavagna, in stampatello

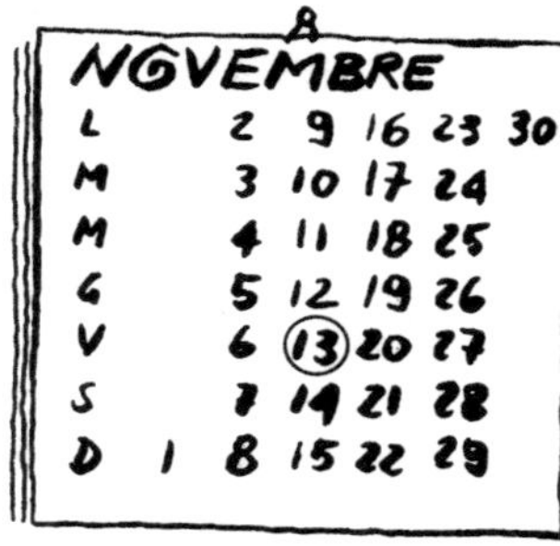

Chi è il bellone che scrive cose d'amore dietro la lavagna?

Ma chi crede di essere, Romeo?

E la tua Giulietta chi è?

Comunque vi conviene lasciar perdere perché so chi siete.

un amico

Zaino di Michele

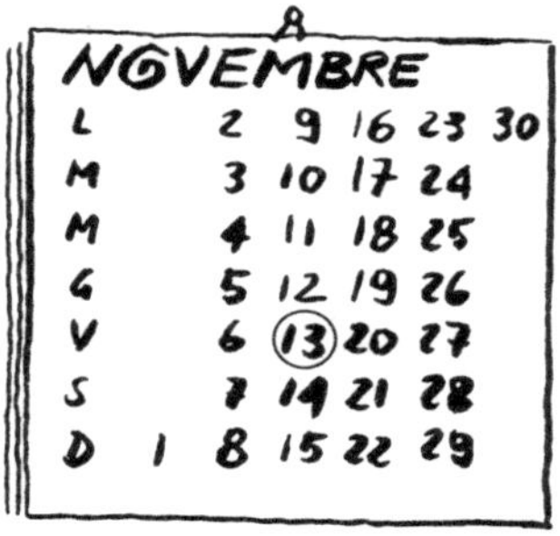

Credo che sia quella scema della Ferrario. Ha una faccia: sembra sempre che ce l'abbia col mondo intero. Al momento suppongo che ce l'abbia con noi. Deve aver preso l'ultimo messaggio che mi hai messo dietro la lavagna. Peccato. Ce l'hai la brutta? E comunque è un bluff: se sapesse davvero chi siamo, non si sarebbe lasciata scappare l'occasione di farci fare una bella figura. Voglio dire, non che mi interessi, la figura della spiona maniaca la fa lei. Solo lei è talmente scema da non aver capito che se lasciava lì il biglietto si poteva anche fare quattro risate con gli altri che ci avresti messo, o al limite poteva appostarsi e scoprire chi li andava a prendere… Comunque se lo scorda, che la faccio copiare al prossimo compito di greco. E poi cosa c'entrano Giulietta e Romeo, mica si scrivevano, loro. Hai visto che faccia ha fatto il prof quando ha visto la lavagna? Sembrava quasi contento. E non ha neanche commentato. Un po' lo amo, per questo.

Facciamo che io i messaggi te li metto nello zaino come al solito, tu invece li accartocci e li lanci nel cestino all'ultima ora, o appena prima di uscire. Saranno un po' stropicciati, ma così è più sicuro. Neanche una maiala come la Ferrario si sognerebbe di andare a frugare fra gli avanzi di merenda.

Zaino di Viola

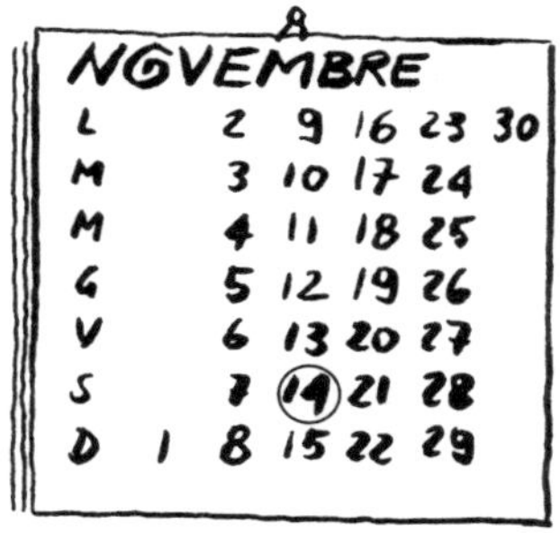

Eccomi qua, Euly, sono arrivato. La colpa (il merito) è proprio della Ferrario, che ha rubato il mio messaggio. Deve averci capito poco, non solo perché è la Ferrario, ma anche perché era una poesia. Peccato, non ho la brutta. Una poesia nasce già bella, e non si ripete. Comunque te la riscriverò più o meno simile, prima o poi. Perciò, Euly, niente cestino della carta straccia: mi rifiuto di mettere un messaggio fra la buccia di banana della Cingoli e la carta della merendina di Capocchia: mi rifiuto di scriverti fra i rifiuti. E così, crepi la fifa, infilo il messaggio nel tuo sacco, che è il sacco proprio tuo, tutto viola, oh yes, dove non c'è mano o occhio ladro, pettegolo e invidioso che possa arrivare. Perché tu sei tu, e questo è il tuo sacco, e tu sei Viola, come il sacco, e tu sei un sacco di altri colori: e mi sembra che il tuo collo, a forza di guardartelo, in questi giorni, stia diventando radioattivo, e mi sembra che sia il momento di farti diventare radioattiva anche la faccia, la fronte bella, il naso perfettino: e tu la mia, così com'è. Oh madonna, se, un caso su un miliardo, tu non fossi Euly, e questa lettera è la prima che ricevi, e non ci capisci una parola, scusami, Viola, è stato un tremendissimo equivoco: non ti immagini neanche la tragedia che è, peggio che la caduta dell'Impero Romano. Ma se tu sei Euly, come sei, novecentonovantanovemilioninovecentonovantanovemilanovecentonovantanove casi su un miliardo, la Ferrario è arrivata al momento giusto: stava diventando quasi un gioco doloroso. Perciò eccomi qui, nel sacco: e sappi che avendo messo il biglietto nell'intervallo, clippato sulla copertina del libro di storia, e avendolo tu (probabilmente) trovato estraendo il libro, e leggendolo proprio adesso, io proprio adesso sto guardandoti che lo leggi: ma non voltarti subito per favore. Finiscilo piano piano, come la nota lumachina, magari rileggilo un'altra volta. Non perché è bello, ma perché mi piace (mi piacerà, se lo leggi quando lo trovi, e se lo trovi all'inizio dell'ora) guardarti mentre leggi, in silenzio, le mie parole: ti ho immaginata così tantissime volte, che leggevi le mie lettere, da te. Non le leggevi mai in classe, o almeno non me ne sono mai accorto: ma ti conosco, le volevi leggere a casa, vicino al tuo topo, per dargli i pugni che non potevi dare a me, e magari non solo i pugni. Vederti mentre leggi è un triplo sballo. E poi, se vuoi, voltati: se non vuoi, no. Magari non te la senti, magari ti batte il cuore come a me (mi batte anche adesso, mentre ti scrivo, e penso a come mi batterà quando leggerai, e ti volterai). Insomma, Euly, fa' come vuoi: io sono qui dietro, non posso proprio non esserci, è il mio posto, e per forza ti guardo, mica guardo il prof che spiega storia: la mia storia sei tu. Oppure, sai cosa facciamo, Euly? (È l'ultima volta, poi ti chiamo Viola, ci stai?) Facciamo questo gioco: ma se non ti va di farlo, capisco benissimo. Quando sei arrivata in fondo al foglio, fra poco, non voltarti: piegalo, come segnale che hai finito di leggere, e poi chiudi gli occhi e conta fino a tre, anzi, dieci, lentamente. Giuro che, se pieghi il foglio, segnale che ci stai, li chiudo anch'io e conto fino a dieci. Poi tu li apri, già voltata indietro, e li apro anch'io: secondo più secondo meno, dio come batte la pompa rossa, e ci guardiamo. Ti sembra cretino? No, non credo. È tosto, ma bello. Però, se non ti va, se non ci riesci, se non ti piace, non importa: ti aspetto fuori, ti porto a casa in motorino, farò le curve strette così ti devi attaccare forte. Parliamo tanto, sotto casa tua. Però, se ci riesci, per favore, piega il foglio, conta fino a dieci, e poi voltati. Fregatene del prof.: tanto lui, quando spiega storia, guarda sempre il soffitto per cercare le parole: noi le abbiamo già trovate. Ecco, qui finisce il messaggio. Sei pronta? Piegare, chiudere gli occhi, contare, guardare: tu sai chi.

Zaino di Michele

È solo che volevo dirti delle cose come una volta, sai, scrivere un messaggio è un po' come parlare davanti allo specchio, uno dice le cose più per ascoltarsi che per avere una risposta, ma dopo, quando si è ascoltato, ha le idee un po' più chiare, o almeno gli sembra, e marcia fuori dal bagno pronto a conquistare il mondo. No no, senti quello che dico, anzi leggi, tu sei un buon ascoltatore, non mi interrompi mai, sai stare zitto al momento giusto, a volte non commenti nemmeno, non fai le facce, e se ti dico delle cose difficili cambi discorso così non mi imbarazzo, e se ti dico delle cose da ridere ridi, insomma, capisci al volo. Non sei tu. Sono io che mi sento un pasticcio, adesso che ci sei un po' meno, però ogni tanto mi viene ancora quel senso di confusione, quel non sapere dove sto andando. Anche se lo so benissimo, prima si studia, poi si studia ancora, poi si lavora, poi ci si fidanza e ci si sfidanza fino a incontrare uno che sopporti più degli altri, la vedo mia cugina Carola, si trascina dietro certi pesi, ma dov'è il principe azzurro. Tu non sei azzurro, sei così pallido che a volte, semmai, sotto il neon dell'atrio nei giorni di pioggia hai una sfumatura verdina. E non sei neanche un principe, però al posto del cavallo hai il motorino e poi hai gli occhi grandi e le mani dolci. E sto bene con te perché sei davvero un po' come una migliore amica, anche se non volevi, ma anche altre cose, un sacco di altre cose che non sono da scrivere, non tanto, insomma. Ad ogni modo, scritte vengono meglio a te, sei tu il poeta. Mi dispiace, mi dispiace, perché le cose che cominciano così presto non durano, non bisogna prenderle sul serio, è come avere il morbillo o il raffreddore, non c'è problema, poi passa, garantito. D'altra parte chi vorrebbe avere il morbillo per sempre? Oppure si fa come un'altra mia cugina, Stefania, che ha sposato un suo compagno di liceo e dopo due anni arrivederci, ognuno per conto suo. Non ti preoccupare, non stavo già pensando al vestito e alle damigelle. È più importante. E poi lo so che non si possono decidere le cose, che succedono quando devono, quando è giusto, e lo sanno solo loro qual è il momento. Però, insomma, se ci fossimo incontrati più in là? Dico, quando è passata l'età del morbillo? Adesso che cosa posso sapere? Magari finita l'estate avrai letto altri libri e avrai la testa piena di altre cose, e io non ci sarò più. Ammesso che non succeda anche prima. Magari vai a una festa e conosci una e cominci a scriverle cose, messaggi. Sai com'è, quando le cose cominciano così. Certo che sai com'è. Insomma, non so come dirtelo, sono gelosa del futuro. Vorrei che ci congelassero, così come siamo, qui e adesso, con il nostro mazzetto di messaggi negli zaini. Che stessimo lì, congelati ma vivi, trasparenti, con il cuore che continua a battere e gli occhi che continuano a guardarsi. Farà tanto freddo, se il cuore ci scalda? Comunque per sicurezza mettiti i guanti, che te li dimentichi sempre e hai le mani che sembrano di pelle di armadillo.

Zaino di Viola

Dolce Euly (se ti parlo, se ti tocco con le manacce gelide da armadillo, sei Viola, ma se infilo messaggi dietro la lavagna, o nello zaino, sei Euly), avevo pensato che l'avresti fatto, di mandarmi un messaggio come ai vecchi tempi. Ci avevo pensato anch'io, ma come al solito ho rimandato e gli altri sono arrivati prima anche se tu non sei gli altri. Per me, un pochino, sei ancora Euly: forse è un problema, perché non sono sicurissimo che siate la stessa ragazza, adesso che vi conosco. È anche vero che parlare guardandosi è diverso: mentre scrivo, qui, adesso, sento di potere/volere dire cose che non ti direi a voce: niente di eccezionale o tragico, è solo una questione di tono. Se dico "com'era bello quando ci scrivevamo in segreto", cominci a pensare che non mi piace come stiamo adesso? Eh, no, non occorre questo, mi sembra, per farti fare discorsi tristerelli, tipo la gelosia del futuro. Se ce ne stiamo tra gelosie del passato (ricordi la foto?) e gelosie del futuro, mi sembra che siamo messi male: speriamo che questo ci salvi dalla gelosia del presente. Orco, mi piace quest'ultima frase: potrebbe averla scritta uno più grande di me. Non è una frase da poeta, però: e io preferisco le poesie. Sono in imbarazzo, Euly, perché leggendo la tua lettera non potevo non pensare a te Viola, e vedere che occhi avevi: tristi, anche se bene intenzionati. Non conta molto dirti che, se tua cugina Stefania e il suo drudo del liceo sono finiti male, mia zia (such a symmetry!) Chicca e il suo Seb(astiano), che si sono messi insieme addirittura in prima (as we are now), sono sposati con due figli e ancora non si picchiano. Non conta, perché è vero che le statistiche sono contro di noi: probabilmente, quelli che restano insieme dai quindici ai cent'anni sono lo zero per mille o giù di lì. Ciò genera magone anche nel mio stomaco, però sento voglia di ribellarmi. Che cazzo sono le statistiche: dice che un corpo cade inevitabilmente: se non c'è uno che lo tiene su, o in tasca, o attaccato al cuore. Ascolta Euly, non voglio consolare nessuno per qualcosa che non è ancora successo: voglio dire guardami in faccia. Non adesso, quando siamo insieme, sempre. Dimmi quello che vedi, sorridi se sorrido, fammi le smorfie se le faccio io: sta più attenta: non sempre sento quello che dici, qualche volta mi distraggo, sembro in ascolto ma penso ai fatti miei: uno dei miei rischi peggiori. Accorgiti di questo, pizzicami, dammi una sberla, un pugno nella pancia. Anch'io, se vedo quelle mosche di superbia che ogni tanto ti saltano al naso, ce la posso fare ad alzare una mano e cacciarle via. Insomma, oltre a volerci bene, that's the easier, se ci guardiamo negli occhi meglio di qualunque altro, se non ci salta in mente di metterci a seguire quelle coglionate di talk show giovanili alla tele per risolvere i nostri problemi, se ci rompiamo le palle con abbastanza gentilezza, e magari divertendoci come facciamo nei momenti giusti, lo sai, magari accadono due cose di cui una sola mi piace, che spero, ma anche l'altra va bene: la prima è che, crepi la statistica, noi diventiamo vecchietti together, l'altra è che un giorno, senza bisogno di orrore e segreti, ci passa il morbillo, e ci abbracciamo come fratelli, o migliori amici, e via per le strade. Altro che poeta, l'hai trovata tu l'immagine giusta, Euly: congelati vivi, congelati guardandosi. Cioè non congelati per niente. Guarda che bella lettera lunga: una volta avresti fatto pazzie per tutte queste parole una in fila all'altra, adesso è probabile che ti verrà l'ulcera a leggerle. Ma non è proprio più quel gioco, Euly. E adesso, per terminare questo ultimo messaggio segreto, Dio, speriamo che non capiti in mano a tua madre o chissà, questo pezzo, sto per dirti che, ora come ora... Perché vedi: a voce te l'ho già farfugliato una dozzina di volte, ma di solito non me lo lasci finire perché mi sbatti l'apparecchio sugli incisivi. Qui invece lo posso scrivere lentamente, come un certosino, come un monaco tibetano, come un bambino piccolo che ha appena imparato a scrivere, che ora come ora ti amo.

Un certo tempo dopo

Caro tu,

credo di averti già scritto un'altra volta cominciando così. Ma è bella, la parola caro. Piccola e bella e semplice e utile, dice tante cose in poco spazio. Mi sei diventato caro nel tempo, come le cose che uno raccoglie vivendo e a cui si abitua e che piano piano ammette nell'arredo della vita, una casa, una stanza nella casa, un mobile nella stanza, una fotografia sopra il mobile, Michele. È lì che si abita, lì che si torna per stare bene. Io sto bene quando ti ritrovo. Basta così poco, come allora: prendere un foglio, pensare, scrivere. Si può fare anche col telefonino, col computer, e alla fine è lo stesso. Basta trovare un posto di parole e un modo per spostarle. Ma coi biglietti dietro la lavagna era divertente: un gioco. Una cosa proibita, una distrazione benvenuta.

Il tempo dei bambini non passa mai, non vedono l'ora di diventare grandi per fare le cose da grandi. Anche quello dei ragazzi ha strane accelerazioni. Il tempo di scuola è lento e molle, una palude da guadare, col fango che ti risucchia le scarpe. Quello dentro il mondo invece corre e scotta. Giocando coi nostri biglietti a scuola, che era il nostro ufficio, il posto dove passavano più ore al giorno, noi volavamo sopra la lentezza, facevamo girare i pianeti a un altro ritmo. Era bello. Così bello. E non è nostalgia, che è una cosa da vecchi, e noi non lo siamo, non ancora: è solo che mi piacerebbe tornare indietro e non si può. Forse mi piace perché non si può.

Allora continuiamo a giocare, io e te. Da dove ti scrivo adesso c'è il silenzio frusciante di chi rimette in ordine le cose ripensandole. Le cose importanti – ti ricordi che paura, a chiamare l'amore amore? – di cui ci nutrivamo scrivendole come di un cibo buono, divino, l'ambrosia, il nettare degli dei che rende immortali. (È un po' da esaltata, lo so, ma pazienza: prendimi come sono, l'hai sempre fatto.) I pensieri che si tendevano tra due persone ignote e ignare per poi avvicinarle come fa un elastico quando torna indietro. Siamo ancora a quella distanza da elastico, io qui tu lì. Pericolosa: lontani lontani e poi sbroing, vicinissimi, uno addosso all'altra. Siamo ancora così temerari?

O siamo cambiati?

Spero di no. Temo di no. Penso di no. Siamo quelli là, Viola che non ha avuto un nome per un bel pezzo e Michele che il suo ce l'aveva da subito, Viola che amava scherzare e Michele serio serio, Viola un'idea di ragazza con la treccia e l'apparecchio e Michele un'idea di ragazzo che prendeva le misure della realtà col suo metro di parole.

Ecco. Ancora le parole. Sono state quelle a unirci, sono quelle che ci uniscono adesso, alla distanza immensa planetaria che separa le persone di carta dalle persone del mondo. Mai esistite, esistenti sempre. Ci sto bene, qui, Viola di quindici anni, che non cambia. Vorrei solo liberarmi dell'apparecchio. Ma non si può.

Ciao, tu.

io

Cara cara tu:

perché è vero quello che hai detto della parola cara, *e allora la raddoppio, così una diventa aggettivo, l'altra sostantivo, e si scambiano e confondono e colorano il senso, in affetto, confidenza, intimità, e il bello che segue.*

A proposito di quello che speri, temi, pensi, cioè se siamo cambiati o non siamo cambiati, noterai che io non sono cambiato, almeno rispetto al giocare con le parole. Tu sai che da grande (non lo diventeremo mai) voglio fare il poeta, e fra altre cose mi esercito a scrivere versi, soprattutto endecasillabi, i miei preferiti.

Invidio quello che, senza accorgertene, hai messo nella tua lettera:

noi volavamo sopra la lentezza.

È perfetto, non solo per il numero delle sillabe.

Non sono cambiato anche rispetto a un'altra cosa, come vedi: faccio sempre casino, butto in aria coriandoli, salto e strillo da scimmia, prima di andare al dunque: ma poi ci arrivo, perché, come sempre, tu mi ci porti, mi ci accompagni, mi ci costringi dolcemente.

Allora, cara cara, infinitamente grazie per avermi scritto, creando un bellissimo e pacifico momento di ricordo e realtà, nel mio tempo che, a proposito di tempi strani e diversi, è un po' affannato spezzettato confuso, un po' avvelenato dalla fretta.

Un momento di ricordo e realtà, non di nostalgia, museo della vita, tirar su il moccio, sentirsi umidi gli angoli degli occhi. Perché leggerti, sentirti (non ricordo se te l'ho detto, allora: quando ti leggo succede che leggo con gli occhi, ma intanto sento la tua voce, come se tu fossi qui a leggermi la lettera: roba strana, vertiginosa e bellissima) non è aprire la finestra su un panorama del passato, ma aprire l'armadio con lo specchio dentro (come nell'armadio di mia nonna, forse era là dentro per nascondere la vanità) e ritrovarmi davanti la mia immagine di adesso. Un'immagine leggermente doppia, perché attorno, dentro, come una sfocatura, c'è il Michele di prima, fresco, inquieto, speranzoso, desideroso.

Insomma, cara cara, la tua lettera (le tue: spero ce ne saranno altre) funziona da specchio correttivo, da messa a fuoco: anche nel senso che scalda dentro, come il punch al mandarino, quello che pizzicava il naso al bar di Piazza Maggiore.

Insomma, insomma (strana voglia di ripetere due volte le parole, come con cara cara*: forse è il desiderio che le cose non siano sole, che ci sia ripetizione, specchio infuocante, eco eco)*

insomma insomma, Viola Viola, facciamo insieme uno sberleffo alla distanza immensa planetaria *(altro tuo endecasillabo involontario) e tiriamo il benedetto elastico, che poi (non è in endecasillabi, ma è lo stesso una bellissima poesia)*

Sbroing, sbroing, sbroing,
sbroing, sbroing, sbroing.

Ciao, tu.

Michele

Finito di stampare nel mese di ottobre 2023 presso
Grafica Veneta S.p.A. - Trebaseleghe (PD)
Printed in Italy